源氏物語＝反復と模倣

熊野純彦

作品社

源氏物語＝反復と模倣／もくじ

源氏物語＝反復と模倣

反復と模倣

源氏物語・回帰する時間の悲劇に寄せて

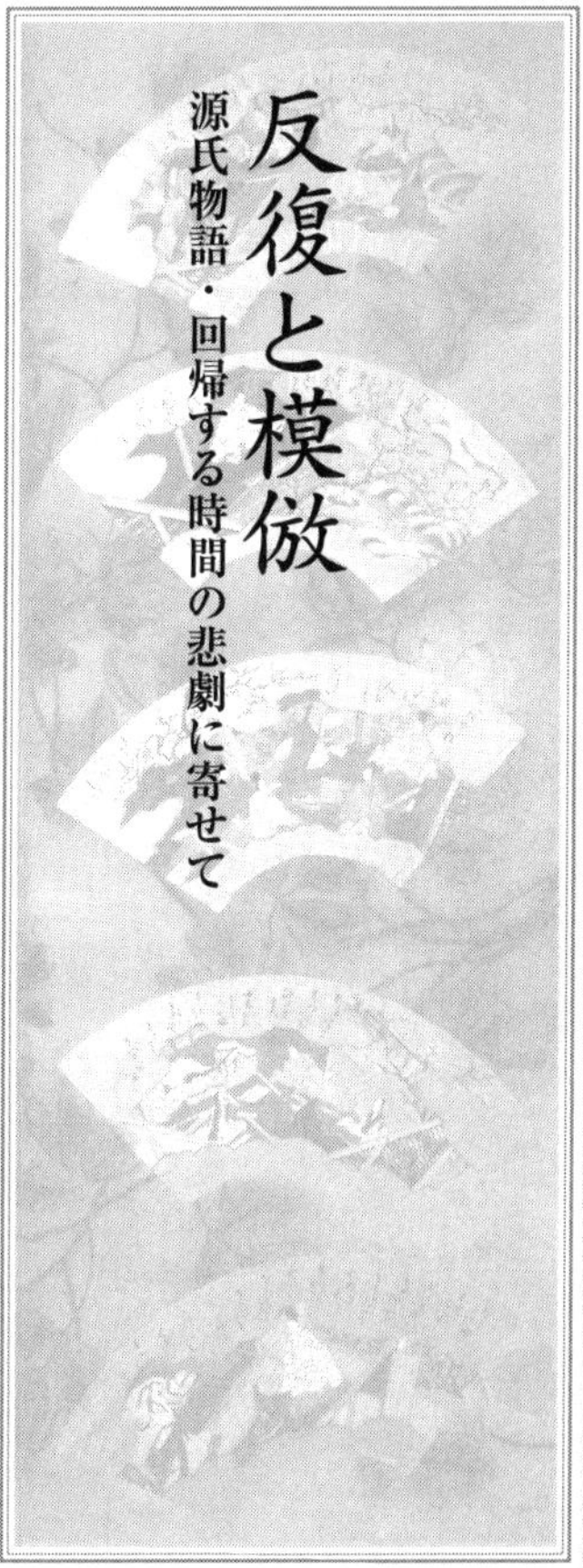

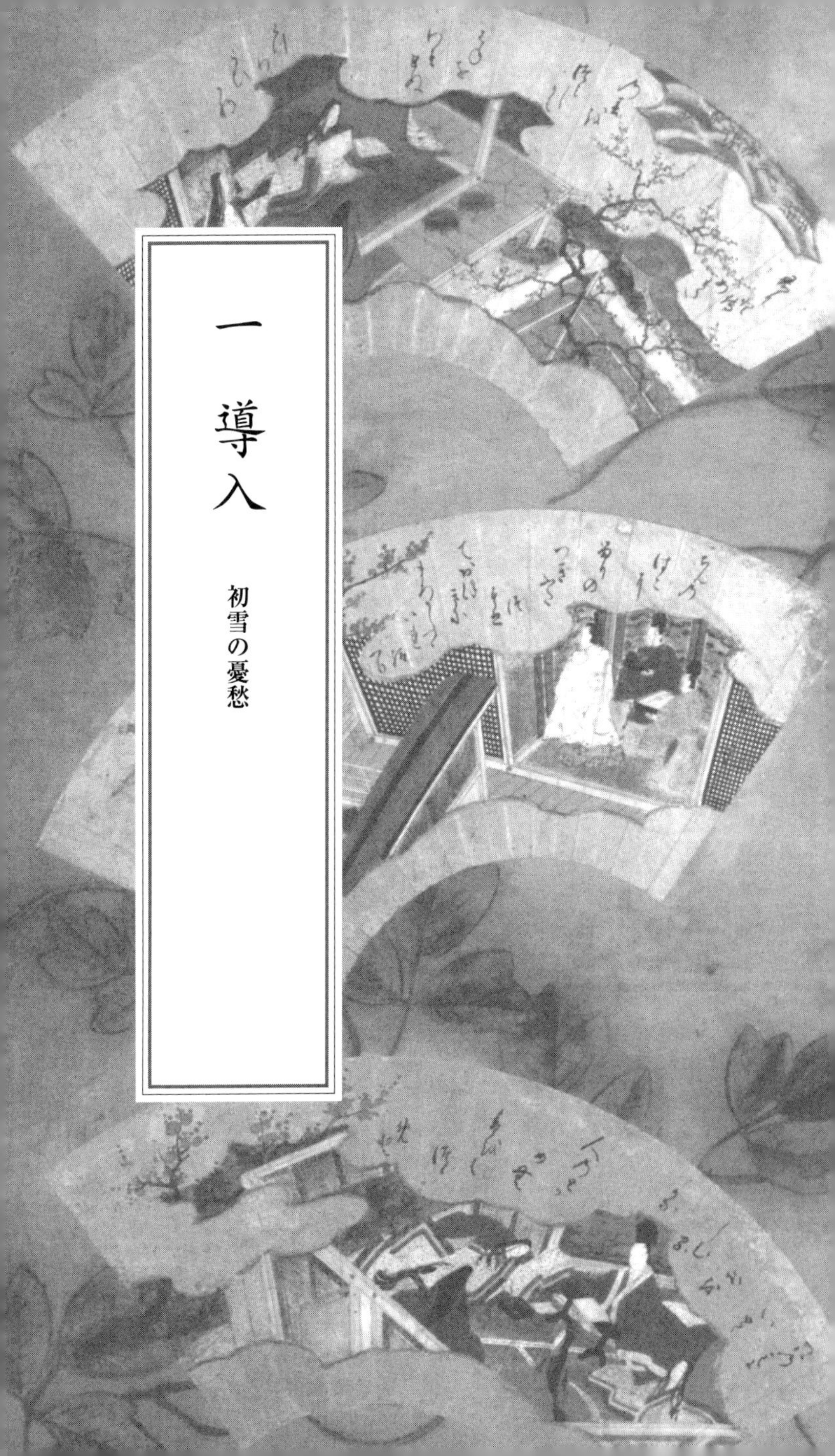

一　導入

初雪の憂愁

時間には色があるのだろうか。時間そのものが、たとえば悲しみの色あいに染められているといったことはありうるのだろうか。

自然的に経過するかぎりでの時間には、とりたてて見わけられるなんの色彩もないように思える。時間のなかではいっさいが過ぎ去ってゆくにしても、冬とともに死にたえた緑も、またくめぐりくる春にあらたないのちとして甦る。時間が悲哀の色を帯びるとすれば、時間のなかでふるまいをかさね、時間を生きている人間たちにとってのことであるように思われる。たとえば、自然的に在るものどもとのかかわりで時間を考察したそのあとで、アリストテレスがふと思考を転調させるようにして、つぎのように語っていた。

さて、ものは時間によって作用される。私たちもよくそう語るように、時がいっさいを消しさり、すべては時によって老い、時をへて忘却される。しかし、時がたって学びおぼえたとか、年若くなったとか、美しくなったとは言われない。というのも、時間はそれ自身むしろ消滅に責めあるものだからである。

（『自然学』第四巻第一二章）

ひとがときとして感じとる、時間の作用の酷薄さについては、のちに大君《おおいぎみ》の嘆きを耳にすることになるだろう。とりあえず確認しておきたいのは、時間をめぐるもうひとつのことの消息である。時間はただ過ぎ去り、消しさることのみで、哀しみの色に染められるのではない。時間はむしろまた、積みかさなり、降りつもるすがたにあって、悲しみの色あいをあらわにするものではないだろうか。時間のなかで降りつもり、回帰する悲劇のかたちに、『源氏物語』の作者の目は釘づけにされていたように思われる。——紫式部は歌人としても知られ、『新古今和歌集』には一四首が撰にはいっている。一首を引いておく。

661　ふればかく憂さのみまさる世を知らで荒れたる庭につもる初雪

詞書には「思ふこと侍りけるころ、初雪の降り侍りける日」とある。その日、おそらくは同僚の女房が「初雪降りたる夕暮れ」に、「恋しくてありふるほどの初雪は消えぬるかとぞうたがはれける」と詠んでよこした。『紫式部集』(113)によれば、式部の作はその返歌であることが知られる。

作者の身を案じているおんな友だちが文をよこした。晩くに契りを交わした夫とも死別し、こころすすまない宮仕えの身を仮寓で養っているおりふし、初雪が舞いおりた日のことである。世にながらえるほどに憂愁は身に降りつもる。世界をうっすらと白く覆ってゆく、今年はじめての雪のひとひらが頬に吹きつけ、式部は夢のように儚いもの想いからふと醒めて、庭をながめた。手入れもままならない前栽が目にはいる。伸びすぎてしまった草木を目にすると、歓びとは縁のうすかったみずからの生の軌跡が思いかえされる。雪はそれでも白く、冷たく、美しい。この雪は積もるのだろうか。じぶんの不運と憂愁のように降りつもるのだろうか。地上に舞いおちた雪は、荒れた庭を覆い、美醜のべつなくこの世のすべてを蔽ってゆくのかもしれない。それでも覆われず、隠しきれない憂いとともに、わたしはいつまで生きてゆくのだろう。

詠みかわされた歌そのものは、親しい女性どうしのあいだで行き来した、これということもないやりとりと見るのがむしろ自然であるかもしれない。それでも、「憂さのみまさる世」という思い、「荒れたる庭」という心象はおそらく、とある時期から『源氏物語』の作者の身にまとわりついて離れなかったものであると思われる。

紫式部は受領階級の出身で、若いころには父の任官さきの越前にともなわれ、地方ぐらしも経験している。おなじく受領階級であった連れあいの死後は、のぞまれて宮廷につかえ、作品はその明けくれのなかで紡がれたものといわれる。そのうちで時間だけが雪のように降りつもり、重なりあってゆく、閉ざされた世界のなかで織りあげられる閉ざされた悲劇を、物語は反復的に語りだしてゆくことになるだろう。

世界にはいずれにせよ「憂さのみ」降りつもり、憂愁が世を覆ってゆく。世界を愁いのうちに降りこめるのは、とはいえ宿世から遁れることのかなわない、ひとのいとなみである。閉ざされた生の空間のなかで、ひとはだれもそのひとひとりだけの生を生きることができない。生のかたちは、それが開始されるまえにあらかじめかたどられている。ひとはそれとは知らずに他者の生の軌跡をたどり、べつの生のすがたを模倣してしまう。この生はそこでは、すでにあった生の回帰であり、過ぎ去った生の反復にほかならない。かくして悲劇はくりかえし上演され、哀しみが立ちもどる。世にあることは、かくていずれにしても「憂さのみまさる」ありようへと囲いこまれてゆくほかないのである。

時間のなかで愁いが降りつもる。憂愁が重なりあった時間が、それじたい淀み、滞り、逆流して、ひとりひとりの生を撓ませ、ゆがめ、罪科を反復させてゆく。現在から遥かにさかのぼる時の、記憶しようもない不幸が、ひとの現在のありように取りついて、それぞれの未来をとざしてしまう。

源氏という全五四帖におよぶ作品のなかで、右にややせわしなくふれておいた、そのことの消息をすぐれて示しているのは、光源氏の末裔たちをめぐる物語であったと思われる。宇治十帖と呼びならわされてきた物語については、あるいはすぐれて作者以外の書き手たちの筆がくわわっている部分であると見るべきところかもしれない。そうであるにせよ、今日ではなまえも知られていない、その複数の筆のつかい手は、紫式部の語りのこした物語をなぞり、その原型を反復して、そうすることで生とその悲劇のありかを、期せずして浮かびあがらせることになったように思われる。ここでは、いうところの悲劇の発端と、その原型のありかたからまずは跡づけておく必要がある。

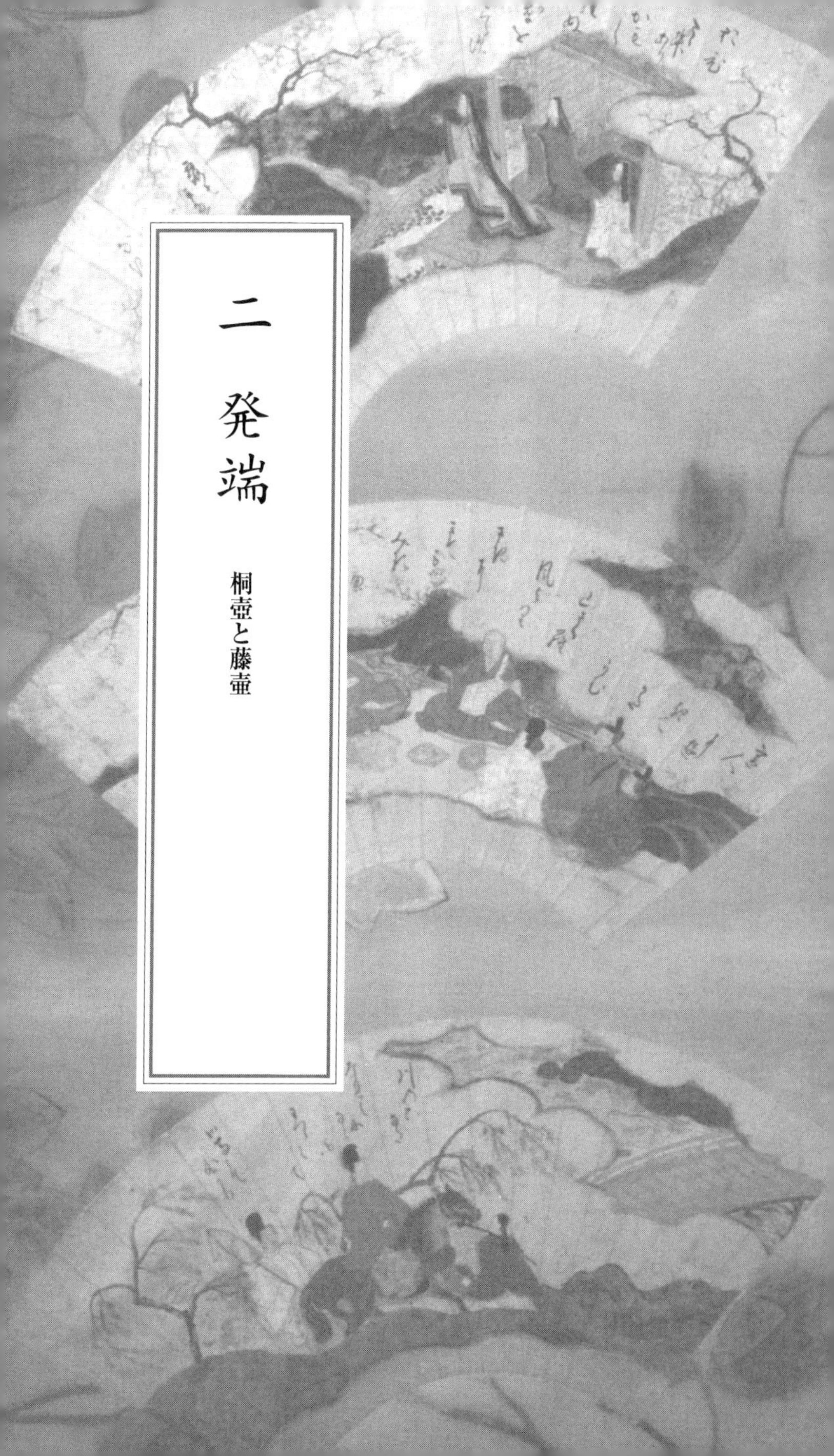

二　発端

桐壺と藤壺

『源氏物語』のすじだてをめぐって、いちおうの通説である三部構成説を受けいれておくことにしよう。「桐壺」から「藤裏葉」までの第一部、「若菜」から「幻」までの第二部にかんしていえば、物語は、光源氏という飛びぬけて恵まれたひとりの人間をめぐる語りからなっている。「匂《にほふ》兵部卿《ひょうぶきょう》」以前について一篇の主人公は、閉ざされたそれであるとはいえ、いってみれば世界そのものの主人公として生まれついた特権的な存在にほかならない。

よく知られているように、『源氏物語』は他方でまた死者たちの物語である。語られてゆくできごとの背後のそこかしこに影を落としつづける、いくたりかの死者の物語でもある。一篇のはじまりに、すでに死者がある。最初の死者、物語のはじまりに登場し、その幕明けの巻ですぐさますがたを消して、目にみえぬ影となることで、かえって以後の物語のすべてに棲みつくことになる死者とは、いうまでもなく桐壺の更衣にほかならない。

「いづれの御時にか」、と一篇の語り手は語りはじめ、「御時」はやがて延喜時代に引きくらべられてゆく。「いとやむごとなき際《きは》にはあらぬが、すぐれて時めきたまふありけり」、と語り手は説きはじめる。そのひとは桐壺に御殿をたまわる更衣で、帝の寵愛ふかく、後宮の多くの女性たちに妬まれそねまれた。更衣は「恨みを負ふつもりにやありけん」(「桐壺」一二頁)、やがて光源氏と呼ばれることになる幼い皇子をのこして早世してしまう。

はかなく日ごろ過ぎて、後のわざなどにもこまかにとぶらはせたまふ。ほど経るままに、せむ方なう悲しう思《おぼ》さるるに、御方々の御宿直《とのゐ》なども絶えてしたまはず、ただ涙にひちて明かし暮らさせたまへば、見たてまつる人さへ露けき秋なり。「亡きあとまで、人の胸あくまじかりける人の御おぼえかな」とぞ、弘徽殿《こきでん》などには、なほゆるしなうのたまひける。一の宮を見たてまつらせたまふにも、若宮の御恋しさのみ思ほし出でつつ、親しき女房、御乳母《めのと》などを遣はしつつありさまを聞こしめす。（同一六頁）

更衣がはかなくなり、いつのまにか日も経って、実家でおこなわれる法要などについても帝はこまやかな配慮をつくしている。悲しみに沈む帝はあまたの妃たちも寄せつけず、あくまで涙がちであり、そのすがたを目にする者たちの袖も乾くいとまがない秋であった。第一皇子の母などは、本人が死んでまでなお腹立たしいほどの寵愛だ、と眉をひそめる。

その皇子を目にするにつけてさえ、帝には里に身を寄せている源氏のことばかり恋しく想いだされた。帝は、更衣の里に「親しき女房、御乳母などを遣はし」ては、桐壺の更衣の遺した忘れがたみのようすを聞きだそうとするのである。——右に引いた一節には、のちに主人公を須磨へと隠棲させることになる人間関係の軋みが、その微かな予兆のかたちで示されている。この一節のあとには、とはいえ直接には、「夕月夜のをかしきほど」(同頁)に靫負命婦《ゆげいのみようぶ》を更衣の里にむかわせる、よく知られた場面がつづく。「桐壺」のなかでもすぐれて哀切な描写が見られる一節ではあるけれども、いまは引かない。

若くして世を去った麗しいひとは、かつて親しかった者たちの記憶のなかに棲みついてゆく。美しいひとが世を去ることで、死者のおもざしが各人のうちに重くまとわりつき、過ぎ去った時をはらんで時間そのものが滞る。そればかりではない。そのひとが、たとえば或る者の母であったならば、その者は美しかった母の記憶を周囲のひとびとから繰りかえし語りきかされることで、あい見ることもなかった生母をめぐって、起源をもたない記憶をあらたに紡ぎつづけてゆくことになるだろう。目にすることもなかった過ぎ去ったひとのおもだちが、現在に巻きついてゆく。

桐壺の更衣は、決定的に不在となることで、いっぽうでは桐壺帝の記憶のなかに蟠《わだかま》りつづける。たほうでは世にのこしたひとり子のなかに影として棲みつくことになるはずである。死そのものがいつでも突然の悲劇という色あいを帯びているのにくわえて、桐壺の更衣の死は、それが閉ざされてある世界の内部に無を穿つことで、その後の悲劇を手ぐりよせることになる。悲劇は、そしてそのはじまりにあっては悲劇としてすがたをあらわすことがない。悲劇はむしろ悦ばしいおとずれを装って、物語のなかで語りだされてくる。つづけて語られる藤壺の女御の入内がそれである。

　歳月が流れても、帝は更衣のことを忘れることができない。帝のなかで時が淀む。それでも、そうすれば気もちも紛れるかもしれないと、しかるべき女性たちを後宮に招きいれるけれど、亡きひとにくらべることもできず、それだけますますいまは不在の者のみがその影を色こくしてゆくほかはなかった。そのような日々のなかで、三代にわたり天皇につかえていた女房のひとりが、先帝の第四皇女は、容貌もとりわけて優れており、そのうえ桐壺の更衣ともおもざしにかよいあうところのあるよしを、悲傷の癒えない帝に上奏する。堆積する時間の重みを背後に負う者が口をひらき、桐壺の死によって断ちきられた物語の時間がふたたび流れはじめる。「亡せたまひにし御息所の御容貌に似たまへる人を、三代の宮仕に伝はりぬるに、え見たてまつりつけぬを、后の宮の姫宮こそいとようおぼえて生ひ出でさせたまへりけれ。ありがたき御容貌人になん」。三代の時の流れを生きた者が、物語にあらたな転機をもたらすことになるのである。

母君は、桐壺の更衣の早世を想うだけでも二の足をふむ。説きふせて、宮中にむかえた姫君が、やがて藤壺と呼ばれることになる光源氏の継母である。むかえたひとのありようは、どうであったか。物語の語るところでは、「げに御容貌ありさまあやしきまでぞおぼえたまへる」。およそふしぎなほどに、いまは亡きひとに似ていたのである。

これは、人の御際《きは》まさりて、思ひなしめでたく、人もえおとしめきこえたまはねば、うけばりてあかぬことなし。かれは、人のゆるしきこえざりしに、御心ざしあやにくなりしぞかし。思《おぼ》しまぎるとはなけれど、をのづから御心うつろひて、こよなう思し慰むやうなるも、あはれなるわざなりけり。（二一五頁）

あらたにむかえた藤壺は、亡くなった桐壺の更衣よりもはるかに身分も高い。そう思ってみるせいか申し分がなく、だれも悪くいうことができなかった。そのゆえにか帝もはばかることなく局にかよいつづけることになる。想いかえせば、いまは亡きひとは周囲が納得する身分ではなかったにもかかわらず、帝の愛情が深かった。帝は悲しみが紛れ、そのことで故人を忘れるということではなかったとはいえ、「御心うつろひて」、藤壺にあらたな愛情をそそぐことになったのも、避けがたいことのなりゆきであったのである。

源氏にその母の記憶はなく、「影だにおぼえ」ていない。それでも藤壺を入内させるにさいしてはたらきのあった女房が「いとよう似たまへり」と伝えるものだから、源氏は幼なごころにも「いとあはれと思ひきこえたまひて、常に参らまほしく」、日々に親しくそのすがたを目にしたいものと思いを募らせた（二六頁）。そうでなければ過ぎ去って忘れさられることもありえた時間が、母に「あやしきまでぞおぼえたまへる」と語られる女性が立ちあらわれることで、逆流し、回帰して、現在を侵食し、未来のかたちを定めてしまう。帝もまた忘れがたみがいとおしいあまり、藤壺にとりなし、源氏がその身辺に出入りするのをゆるしてしまった。かくして禍いの種は播かれ、反復される悲劇にとっては、それが生起しうる条件がととのえられたことになる。

それにしても、なにかとなにか、だれかとだれかが「似ている」とは、どのようなことがらなのだろう。いくつかの自然な前提を置き、形式的にとらえるなら、「すべてのものはすべてのものに似ている」という結果が得られるしだいについては、よく知られている。自然な条件のひとつとは、個物には無数の性質があることであり、性質の組みあわせ自身が無限に可能であることである。とすれば、なにか類似を見てとることは、すくなくとも原理的な次元でいえば高度に恣意的な認知のしかたであることになるだろう。なにかと他のなにかが、それ自体として似ているわけではない。見る者の思いと記憶とがそれぞれに籠められて、なにかとべつのなにかは似ているとみなされるのである。——同一の空間のうちで共時的に存在するものたちについても、類似性を見てとることは任意の幅をゆるすできごとである。まして、時間を超えた類似性はどのように確認されるのだろう。類似が見てとられる項のひとつがすでに過ぎ去っているとき、浮かびあがるのは対象そのものの類似ではなく、類似を見わけないではいられない見る者の側の欲望にほかならない。

　そればかりではない。だれかとだれかが「似ている」というのは、しかもそのものとして危うい、往きちがいを引きよせうるところのある認識なのではないだろうか。類似が見てとられるもともとのひとについて、「思しまぎるとはなけれど」、それでも似ているとされるあらたなだれかへと、こころは「をのづから」移りすむ。ふかく愛しただれかの記憶はそのとき、置きかえのきかない一回性を失ってゆくことは措くとしても、あらたに愛されはじめた者は、はじめからべつのだれかと代置されたかたちで愛情の対象となる。いま開始されたばかりの愛は、そもそものはじまりから反復である。現在にはあらかじめ過ぎ去ったものがとりついて離れない。過去が回帰して、現在が色あせてゆくことこそが、登場人物すらも意識することのない悲劇の根源なのである。

三 原型

藤壺と紫上

いわゆる「雨夜の品定め」がはじまるまえに、物忌《ものいみ》がつづく宿直所《とのいどころ》でともに夜をすごすつれづれに、頭《とう》の中将が、源氏のもとによせられた女性たちの手紙を目にして「わりなくゆかしがれば」、さしさわりのないものだけをえらんで、光源氏は親友に示している。中将が手にとって、これはあのひとだろう、などと「心あてに」問うなかには「言ひあつるもあり、もて離れたることをも思ひ寄せて疑ふ」ものもあった。もとよりひと目にふれるような場所には置いていない、「やむごとなく切に隠したまふべき」文のうちには、おそらくは藤壺からの一筆もふくまれていたことだろう（「帚木《ははきぎ》」三三頁）。

その翌日の晩、中川の紀伊の守邸ではからずも逢瀬をもちながら、

「空蟬の羽に置く露の木《こ》がくれてしのびしのびにぬるる袖かな」(「空蟬《うつせみ》」七三頁)の歌をのこして消えたおんなとのあいだがらは、物語のなかでながく影をひくことになるはずである。そののち、傷心の源氏は、品定めの夜に友が語った常夏のおんなとおぼしき女性と、中秋の月の夜をすごすことになる。「宵過ぐるほど」、悪夢にうなされ、「物に襲はるる心地して」ふと目が覚めたとき、「灯も消えにけり」。光をきらう魔性のものが、灯りを消したのである。「女君」は「いみじくわななきまどひて」、どうしてよいのかも分からないようすとなり、「汗もしとどになりて、我《われ》かの気色」、つまり正気をも失ったかのようなありさまとなる。一夜をともにしたおんなは、かくて魔物にとりつかれ、にわかに空しくなってしまう(「夕顔」九二頁)。『伊勢物語』の芥川段を想わせるこの挿話のなかにも、もてはやされた「色好み」について、その奥そこ冥く、ふかい影をきざみこまれた裏面が、周到に描きこまれているように思われる。

この間の消息についてはここでは立ちいらず、ややさきを急ぐ。

物語の第一部前半の山場となるのは、「若紫」の巻である。そこでは、のちの紫上との出会いが語られ、継母・藤壺との儚い逢瀬が綴られているからである。

おこりにかかって、加持祈禱をうけるためみやこの後背にある山に登った源氏は、美しい少女を思いがけず垣間みる。僧房の小柴垣のほとりでぬすみ見をしていた光源氏の視界に、数人の「童女」たちのすがたが入ってきた。「中に、十ばかりやあらむと見えて、白き衣、山吹などの萎えたる着て走り来たる女子、あまた見えつる子どもに似るべうもあらず、いみじく生ひ先見えてうつくしげなる容貌」である。「雀の子を犬君が逃がしつる。伏籠《ふせご》の中に籠めたりつるものを」と尼君に訴える、よく知られたせりふが、少女のあどけなさを写しとっている。祖母は、スズメを追いかけるなど「罪得ることぞ」といつも言いきかせているのにと、嘆きながらも「こちや」と呼ぶと、少女はそのまえに跪いた。

つらつきいとらうたげにて、眉のわたりうちけぶり、いはけなくかいやりたる額つき、髪ざしいみじううつくし。ねびゆかむさまゆかしき人かなと目とまりたまふ。さるは、限りなう心を尽くしきこゆる人にいとよう似たてまつれるがまもらるるなりけり、と思ふにも涙ぞ落つる。（「若紫」一一四頁）

少女は、眉のあたりがほんのりと美しく、子どもっぽくかき上げた額のようす、生えぎわのかたちが、とてもかわいらしかった。これからおとなになってゆくすがたが楽しみで、見とどけてみたくなる子だな、と源氏は思う。それにはまた理由があった。少女は、あとで知られるように藤壺の縁者にもあたり、光源氏が「限りなう心を尽くし」て愛着している相手にひどく「似たてまつれる」がゆえに、目がはなせなくなったのだ。そう思うにつけ、源氏はこころ弱く、一身にのみ引きよせた涙を抑えることができない。

のちの正妻・紫上との最初の出逢いである。その出逢いにあって若紫はすでに、源氏にとっての永遠の女性、藤壺と引きくらべられている。源氏は、「ねびゆかむさまゆかしき人」のうちに、かつてひとたびだけ、慌ただしく枕を交わした相手のすがたのみを見ているのである。——やがてはじまろうとする愛が、かなわぬ恋によって浸食されている。あらかじめ失われているがゆえに、どのようにしても取りもどすことのできない過去の想いが現在をとらえ、過去に取りつかれた現在に淀む思いが、未来のかたちすらもあらかじめかたどってしまうことだろう。

少女にとってゆいいつの庇護者であった尼君が亡くなると、源氏は少女を迎えとろうとした。縁のうすい父親であった兵部卿の宮（藤壺の兄にあたる）がむすめを館に引きとろうとしているのを知り、光源氏は、とある朝霧の払暁、「いざたまへ。宮の御使にて参り来つるぞ」と姫君をだまして、父宮では「あらざりけりとあきれて、おそろし」と歎く少女をかきいだいて、連れさってしまうのである。その夜の「若君は、いとむくつけう、いかにすることならむとふるはれたまへど、さすがに声たててもえ泣きたまはず」というばかりの、哀れをきわめるようすなのであった（同、一三九頁以下）。

若君はやがて源氏になつき、美しい少女へと成長する。かつての若紫は「何ごともあらまほしうととのひはてて、いとめでたうのみ見え」た。源氏は「忍びがたくなりて、心苦しけれど」、紫上と床をともにすることになる。少女の側は、源氏に「かかる御心おはすらむとはかけても思しよらざりしかば、などてかう心憂かりける御心をうらなく頼もしきものに思ひきこえけむ」、と悔しい思いがする。源氏のほうからすれば、

「かくて後は、内裏《うち》にも院にも、あからさまに参りたまへるほどだに、静心《しづこころ》なく面影に恋し」くなるほどとなったのであった。穏やかな日々が、こうしていったんははじまる（「葵」二二九―二三二頁）。

それにしても、源氏が抱いたのはほんとうに紫上そのひとだったのか。それとも最愛のひとの影だったのだろうか。紫上がはじめて肌を許さざるをえなかったとき、おんなは、そのひと自身として愛されたのか。もしくは、べつのだれかとあらかじめ置き換えられるかたちで、錯覚のなかでひとときの親密さを強要されたのか。紫上には、あるいはことのはじめから幸福が拒まれていたのではないだろうか。

物語のなかでも安定した性格をもって描かれ、機会あるごとに作者が称賛のことばをも惜しまない紫上は、晩年に不幸なまどいに襲われる。それは、しかし光源氏とのそもそものなれそめから、まえもって定められていたことがらでもあったように思われる。どの女性たちにも増してたしかに手にしたかにみえた愛は、最初からじぶんとは所縁もない、べつの感情をなぞったものであったからである。一途にじぶんに向けられていたかにみえた思いは、ここではないどこかで育まれたもの想いの反復であった。さかのぼれば、源氏にはそもそも「灯影の御かたはら目、頭つきなど、ただかの心尽くしきこゆる人に違ふところなくもなりゆくかな、と見たまふにいとうれし」（同、二二八頁）かったのである。

流れているようにみえる時の移ろいは、ほんとうは過去へと引きもどされ、淀んでいた。源氏には紫上と同衾するたびに回帰するほかはない、罪に染まる記憶があったのである。

若紫を見そめ、尼君と文を交わしていたちょうどそのころ、藤壺との逢瀬の機会がおとずれている。藤壺が病いをえて、宮中をはなれたおりのことである。源氏はいっぽうでは父帝が「おぼつかながり嘆ききこえたまふ御気色」をいたましいことと思いながらも、たほうでこの絶好の機会を逃してはならないと、「心もあくがれまどひて」、手引き役の女房、王命婦《おうみようぶ》を責めたてる。この身勝手をも、おそらくは「あはれ」というべきなのだろう。

いかがたばかりけむ、いとわりなくて見たてまつるほどさへ、現《うつつ》とはおぼえぬぞわびしきや。宮もあさましかりしを思し出づるだに、世とともの御もの思ひなるを、さてだにやみなむと深う思したるに、いと心憂くて、いみじき御気色なるものから、なつかしうらうたげに、さりとてうちとけず心深う恥づかしげなる御もてなしなどのなほ人に似させたまはぬを、などかなのめなることだにうちまじりたまはざりけむと、つらうさへぞ思さるる。（「若紫」一二七頁）

王命婦はなんとか機会をつくった。藤壺が「あさましかりしを思し出づる」ところを見ると、以前に源氏との密会のおりがあったことが窺われる。「さてだにやみなむ」とふかく決心していた藤壺の態度は、いつぞやにも増してつれない。それでも源氏は、このひとにせめて目にとまる「なのめなる」ところでもあったなら、これほどまでに切なく思いを尽くすこともないものを、とまで想いをつのらせる。――いずれにせよ、「あやにくなる短夜にて」、いっそ逢わないほうがよかったと感じるほどの哀しい逢瀬であった。つづけて、光源氏から藤壺へ、藤壺から源氏へと交わされた歌のやりとりを引いておく。

見てもまたあふよまれなる夢の中《うち》にやがてまぎるるわが身ともがな

とむせかへりたまふさまも、さすがにいみじければ、

世語りに人や伝へんたぐひなくうき身を醒めぬ夢になしても

思し乱れたるさまも、いとことはりにかたじけなし。命婦の君ぞ、御直衣《なほし》などはかき集めもて来たる。(同頁)

藤壺とようやくのことでみじかい一夜をすごし、肌をあわせたとしても、ふたたび逢うこともむずかしいしだいは、源氏がだれよりもよく知っている。時は過ぎ去る。この至高の瞬間もほどなく過ぎ去ってゆく。至上の時は、それを二度と取りもどすことがかなわないことで、かえって記憶のなかで繰りかえし反復され、それじたい回帰し、時間の流れそのものをやがて支配することになる。過ぎ去った一点に凍りついた思いが、時間を逆流させ、時を歪めて、ひとのいとなみを撓め、悲劇を手ぐりよせるはこびとなるだろう。――源氏はいっそ、このうつつとも夢ともつかぬ夢のうちに消えいってしまいたいと思う。夢のなかでは、時の流れもまたちがった様相を示すことだろう。あなたの夢のなかのわたしは、世間の語り草となるほどに「うき身」なのですよ、と相手は応えた。諸解によれば、「あふよ」には「逢ふ夜」と「合ふ夜」がかけられ、「夢が合ふ」とは見た夢が現実となる意味である。藤壺はこの儚い「短夜」に情を交わしたことで懐妊し、源氏はそれを悪夢をつうじて知ることになる。

父帝が慈しんでやまない継母と密通し、やがて帝位につく子の父となるとは、恐るべき宿命であるかもしれない。底しれず怖ろしいのは、しかしさらに、運命がわが身へと回帰してゆくことである。この件については、やがて語りだされることになるはずである。物語のたどり着くさきを、いますこし跡づけておく必要がある。

四　反復

夕霧と柏木

『源氏物語』一巻にあって、「よき人とするは、男にては第一が源氏の君なり」。本居宣長が『紫文要領』のなかで書いている。もとより光源氏の行状をその一部始終（元末《もとすゑ》）について考えてみると、その「淫乱なることとあげていひがたし」。空蟬、朧月夜についていては、また夕顔にかんしては、どういえばよいか。とりわけ藤壺との一件は、どのように弁護すればよいというのだろうか。「儒仏の教へ、尋常の料簡にていはば、無類の極悪」であるしだいは、あえて論じるまでもない。宣長としてはそれでも、「物の哀れを知るをよしと」する。もののあはれを知ることは、しかもここでいわば絶対的な基準である。哀れといえば、「女三の宮のことによりて病つきてはかなくなりぬる衛門《ゑもん》の督《かみ》のことよ、あるが中にも哀れなるものなり」、と宣長はいう（同、巻上）。
巻下でも、『紫文要領』はあらためて衛門の督の悲恋にふれている。引用しておく。

柏木の巻に、衛門の督、女三の宮の御事によりて病づき、つひにはかなくなりなんとするころの歌に、
今はとて燃えむ煙もむすぼほれたえぬ思ひのなほや残らん
宮の御返し、
立ち添ひて消えやしなまし憂きことを思ひ乱るる煙くらべに
この物語の中あまたある恋の中にも、ことに哀れ深し。衛門の督今はの書きざま哀れ深きが中にも、この贈答はことに哀れ深く見ゆ。されぱかの人も「この煙ばかりはこの世の思ひ出でなり」といへるわたり、読む者すずろに涙おちぬべく覚ゆるなり。

源氏を読む宣長の目がよくあらわれている説きようである。いうまでもなく、そして、この国学者の読みは、『源氏物語』の受容史にあって画期的な読解の姿勢を示すものであった。

さかのぼれば、藤原俊成女作ともつたえられる鎌倉初期の物語評論『無名草子』も、衛門の督に対する同情を惜しんではいない。「柏木の右衛門の督、はじめよりいとよき人なり」と女房のひとりは語りだす。友人の夕霧と雲井雁との仲を、源氏のかつての親友である、衛門の督の父はゆるさなかった。衛門の督は友のために謀って、父もやがてふたりの仲をみとめた。それにしても不審なのは、そのおりにあれほど「いとをかしかりし人の、女三の宮の御事さしも命に換ふばかり思ひ入りけむぞ、もどかしき」。夕霧も女三の宮のすがたを目にしたものの、さほどこころを動かされはしなかった。衛門の督が「さしも心にしめけむぞ、いと心劣りする」。紫上に対する思慕をも抑えた夕霧のほうが「いといみじけれ」。

衛門の督、つまり柏木と呼ばれることになる悲恋の主人公よりも、夕霧のほうがずっと立派である、というのである。六位の学生を経た夕霧はもとより理性のひとではあった。

物語の時間をすこしさかのぼっておく。光源氏がなお若いころ、宮中には「年いたう老いたる」(「紅葉賀」一八二頁)源典侍《みなもとのないしのすけ》と呼ばれる女房があり、源氏はたわむれにこの老女との逢瀬をももっていた。頭の中将はつねづね源氏がまじめな顔を装いながら、「うちうち忍びたまふ方々多かめる」ことを知り、おもしろからず思っていたところ、その逢瀬を「見つけたる心地いとうれし」く、剣を抜いて両人を驚かす。源氏は中将と知ったおかしさから「太刀抜きたる腕《かひな》をとらへていといたう」つねりあげた(同、一八五頁以下)。ふたりの貴公子の仲のよさと対抗心とをあらわす、物語のなかでもおかしみにあふれた挿話である。

中将は、政敵に追われていったんは隠棲している源氏を、はるばる京からたずねてもいる。旧友との交歓を描く一節は、みじかいながら一篇のなかでも切実に美しい場面のひとつである。中将はいまは宰相となっており、「時世のおぼえ重くてものしたまへど」、友のことが「もののをりごとに恋しく」、罪人を慰問することすらそれじたい「罪に当たるともいかがはせむ」、いっそ罰せられることも厭うまい、と決意する。源氏に会うなり、中将の頰を、嬉しさと悲しさとが「ひとつ涙」になってこぼれたのであった(「須磨」三〇三頁)。流滴の地におくる夜々がときに「涙落つともおぼえぬに枕浮くばかりに」なり、琴を手にとって鳴らしても「我ながらいとすごう聞こゆ」(同、二九六頁)るほどのものであったしだいを思いあわせても、源氏には友の厚情が——当地で妻にむかえた明石上との交情ともならんで——身にしみたはずである。夜どおし語りあい、詩を競いつくって明かした翌朝、「朝ぼらけの空」に、雁が群れなして飛びかうさまがみえた。見おくる者がまず「ふる里をいづれの春か行きて見んうらやましきは帰るかりがね」と詠む。京へと帰る者が「あかなくに雁の常世《とこよ》を立ち別れ花のみやこに道やまどはむ」とかえした(三〇四頁)。

光源氏はみやこにかえり咲き、政治的な足場を着々とかためてゆく。そのなかでふたりは政敵ともなりかけたけれども、それぞれのむすこ、夕霧と右衛門の督(柏木)とのあいだにむすばれた好誼は、父たちの若き日の友情の反響であり、反復であった。おのおののえにしを負って展開してゆく物語のなかで柏木は、親しい叔父にあたる源氏に対してやがて罪を犯す。源氏がかつて父に対する科を負ったように、である。ことなく流れてゆくかにみえる時間が滞り、止まってしまう。じぶんが犯した過去の罪という一点に、すべてが立ちもどり、現在そのものが淀みのなかで色あせてゆく。因果ははたらくところを知り、若き日の光源氏の罪が反復され、悲劇が回帰して、より大きな悲しみが立ちかえる。以下では、この間の消息をかんたんに辿っておかなければならない。

源氏、三五歳の八月、かねて造営中の六条の院が完成する。春夏秋冬の御殿からなる広壮な邸宅で、辰巳の御殿には紫上、戌亥の御殿には明石の君が住まうことになる。紫上の住居には「春の花の木、数を尽くして植ゑ、池のさまおもしろくすぐれて」いた。明石の君の御殿には「隔ての垣に松の木しげく、雪をもてあそばんたよりに」富んでいる(「少女」四八五頁以下)。光源氏は公私ともにその生涯の絶頂期をむかえようとし、紫上の生活にも、不安の曇りの一点もないかのようにみえた。物語は、しかしほどもなく急転することになる。

その四年ほどのちのこと、源氏の兄、先帝の朱雀院《すざくいん》は病いも重く、出家をのぞんでいた。気がかりは、母に先だたれ、なお一三、四の歳まわりであった女三の宮のゆくすえである。先帝はこのむすめを「あまたの御中にすぐれてかなしきものに思ひかしづききこえたまふ」ようすであった（「若菜　上」六八八頁）。夕霧や柏木をふくむ多くの候補者のなかからえらばれたのは、朱雀院の信頼あつい光源氏である。紫上は「をこがましく思ひむすぼほるるさま世人《よひと》に漏りきこえじ」（同、七〇七頁）とこころ強く思いさだめる。とはいえ、婚姻をなりたたせるための三日目の夜ともなれば、「忍ぶれどなほものあはれ」（七一二頁）で、疼くこころもちは抑えがたい。理知に長け、内省にまさる紫上は、それでも「手習」などに気をまぎらわそうとするけれども、筆にしようとする古歌などもおのずから「もの思はしき筋のみ書かるるを、さらばわが身には思ふことありけりとみづからぞ思し知らるる」（七二五頁）ありさまである。じぶんがえらんだ歌が、みずからのこころを移しているのに、紫上はあらためて気づく。静かに、とはいえ深く、やがてはそのいのちを縮めるにいたる絶望が紫上の身を侵食してゆく。この前後の紫式部の筆は、心理描写の冴えにおいてみごとというほかはないけれど、ここで立ちいることはできない。

運命に狙いすまされたかのように、その爪にとらえられたもうひとりの登場人物が、柏木であった。柏木はもとより女三の宮に関心を寄せていたこともあり、じぶんも候補のひとりであったというのに、「かく異《こと》ざまになりたまへるは、いと口惜しく胸いたき心地」(七四九頁)がしていたのである。この節のはじめで『無名草子』にふれてしるしておいたように、そのようなおりもおり、夕霧とともに柏木は、たまたま女三の宮のすがたを目にすることになる。なおこころもちも幼い三の宮がかわいがっていたちいさな猫を、大きな猫が追いかけ、そのはずみで御簾《みす》が巻きあげられてしまったときのことである。夕霧は以前から女三の宮の軽はずみな立ち居ふるまいに批判的で、むしろ紫上に同情的である。

対して、柏木の思いは募った。
ひそかな恋ごころをいだいた柏木は、一方では源氏を「見たてまつるに気恐ろしくまばゆく」も感じ、積極的な行動に出ることもかなわない。他方ではかいま見のおりに目にした「かのありし猫をだに得てしがな」(「若菜　下」七五九頁)と、柏木は切望した。てだてを尽くして猫を手に入れた柏木は、常軌を逸してその猫を愛玩する。おかしく、とはいえいとおしく、やがて切ない場面である。

つひにこれを尋ねとりて、夜もあたり近く臥せたまふ。明けたてば、猫のかしづきをして、撫で養ひたまふ。人げ遠かりし心もいとよく馴れて、ともすれば衣《きぬ》の裾にまつはれ、寄り臥し、睦るるを、まめやかにうつくしと思ふ。いといたくながめて、端近く寄り臥したまへるに、来てねうねうといとらうたげになけば、かき撫でて、

うたてもすすむかなとほほ笑《ゑ》まる。（同七六〇頁）

手に入れた猫を、柏木は夜の床でもはなさない。夜があければ猫の面倒をみて、撫でてはかわいがる。子猫のほうもいまやすっかりひとに馴れて、裾にまとわりつき、かたわらに寝そべってあまえてくる。女三の宮のことを想って「いといたくながめて」いるときにも、猫は「ねうねう」（寝よう、寝よう）とかわいげに鳴く。「うたてもすすむ」、みょうに積極的なものだなと、かいま見たひとに思いを馳せれば、苦笑とも、みずからへの憫笑ともつかぬものが浮かんだ。「これも昔の契りにや」と猫の顔を見ると、猫はいよいよ甘えて鳴き声をあげる。柏木は猫を「懐に入れてながめたまへり」。周囲の者たちも「あやしくにはかなる猫のときめくかな」と不審がる。柏木はもともと動物など「見入れたまはぬ御心」だったのである（七六一頁）。

柏木は中納言となる。才にめぐまれた新中納言は帝の信任もあつく、「いと時の人」（七九一頁）となった。じぶんの声望が高まるにつけ、柏木はしかし「思ふことのかなはぬ愁はしさを思ひわびて」、女三の宮の姉、二の宮を北の方にむかえる。知らずに妹と置きかえられた二の宮とのあいだに、おそらくは愛はない。妹への想いをなぞるかのように、その姉としとねをともにするばかりである。光源氏がかつて藤壺を思いながら若紫をいつくしんだように、である。これはそれじたい身ぶるいのする光景だろう。過去の時が現在にとりついて、そのことをしかも、当事者の一方だけが知っているからである。

「もとよりしみにし方こそなほ深けれ」、つまりはじめから女三の宮への執心がやはり深かったので、その姉を得ても柏木のこころは「慰めがたし」い。ただ「人目に咎めらるまじきばかりにもてなしきこえた」（同頁）ばかりである。他のひとに向けられたみずからの思いをなぞり、模倣し、反復するかのように、べつの女性への愛の身ぶりを、柏木は偽ったことになる。――やがて、罪の時が近づいた。小侍従の手引きで柏木は思いびとに接近する。

宮は、何心もなく大殿籠《おおとのごも》りにけるを、近く男のけはひのすれば、院〔源氏〕のおはすると思したるに、〔柏木が〕うちかしこまりたる気色見せて、床の下に抱きおろしたてまつるに、物におそはるるかとせめて見《み》開けたまへれば、あらぬ人なりけり。あやしく聞きも知らぬことどもをぞ聞こゆるや。あさましくむくつけくなりて、人召せど、近くもさぶらはねば、聞きつけて参るもなし。わななきたまふさま、水のやうに汗も流れて、ものもおぼえたまはぬ気色、いとあはれにらうたげなり。（七九四頁以下）

ここで紫式部は、三の宮の「わななきたまふさま」「ものもおぼえたまはぬ気色」が「らうたげ」であった、と書いている。柏木の目をかりた作者の筆は、嗜虐の色すら滲ませているのである。

ことが果てて、柏木も女三の宮も、それぞれの罪の影に脅え、源氏の陰に怯える。「姫宮は、あやしかりしことを思し嘆き」、しかし「やがて例のさまにもおはせず」、体調がすぐれなくなり、「いたく青みそこなはれたまふ」（八〇五頁）。いまだ子どもめいた三の宮は、柏木の胤《たね》をやどしてしまったのである。ことのしだいは、はからずも源氏の知るところとなった。柏木もそのよしを聞きおよび、酷暑の夏にもかかわらず、「身も凍《し》むる心地して、言はむ方なくおぼゆ」（八一二頁）。源氏は柏木を憎み、しかしそのそぶりも見せずに諧謔と見せかけて、若者をいたぶった。柏木はそのまま「いといたくわづらひたまふ」（八二四頁）。

源氏は、みずからの若い日に犯した罪を、いま目のまえにする。過去が立ちもどり、滞ったままに現在に立ちあらわれる。むすこの親友のこととて、なにくれとなく面倒をみていた甥に妻を妊娠させられて、かつての罪の重さを想い、それだけに、見せつけるかのように立ちかえって犯された科をゆるすことができない。過去が回帰し、罪科もまた立ちもどって、悲劇は息もつかせぬ結末へむかって加速する。父の館で柏木は日を追って弱ってゆく。数ヶ月にわたって食事も喉をとおらず、「いとどはかなき柑子《かうじ》などをだに触れたまはず、ただ、やうやう物に引き入るるやうに」（八二六頁）、しだいになにものかに手ぐりよせられるかのごとく、いのちを削られてゆく。回帰し、積みかさなり、降りつもる罪責に押しつぶされるがままに、柏木の衰弱した一身は日を追い、時を追って死へと招きよせられる。

柏木の子（のちの薫）を産んだのち、女三の宮は髪をおろした。報に接して、柏木のいのちをつないでいた、かすかな最後の糸も断ちきられる。よろずの祈禱も「かひなきわざ」となり、「泡の消え入るやうにて亡せたまひぬ」(「柏木」八四三頁)。

死の直前、柏木は、女三の宮と最後の文を交わしている。本居宣長が引いていた姫宮の返歌のそのあとには、「後《おく》るべうやは」(同、八三二頁)とあった。じぶんが死んで、その荼毘の煙も、わたしの思いのように「むすぼほれ」、あきらめきれずにくすぶって空に立ちのぼらないことでしょう、とかき口説く柏木の歌に対して、わたしとて後れをとることがありましょうか、というほどの意味である。宣長がしるしていたように、「この煙《けぶり》」ばかりが「この世の思ひ出」と思いさだめた柏木のこころ根が哀れに悲しく、読む者にとってはいとおしい。立ちかえる悲劇にもて遊ばれ、宿世のままに反復される罪科を負って、若いいのちがひとつ、因果の海のおもてで、水泡がはじけるように消えていったことになる。

光源氏も、もともと柏木を厭うていたわけではない。むしろ長く「朝夕に親しく参り馴れつつ人よりも御心とどめ思したりし」甥子であり、その才を高く買っていた若者である。親友の夕霧はもとより、夕霧の父親も、「あはれは多く、をりをりにつけ偲び」つつ、一周忌をもねんごろに弔った（「横笛」八五八頁）。――源氏はそのとき、自身の若かった日々をも、その情熱と罪とともに、二度と掘りかえせないほどに地中ふかく埋葬しようとしたはずである。光源氏のひそかな祈りはしかし届かず、末裔たちはそれぞれに源氏の生の軌跡をなぞり、その運命を反復してゆく。かくて世界に降りつもる憂愁が立ちかえり、ひとの世の悲しみは回帰しつづけることになるだろう。

五 模倣

大君と浮舟

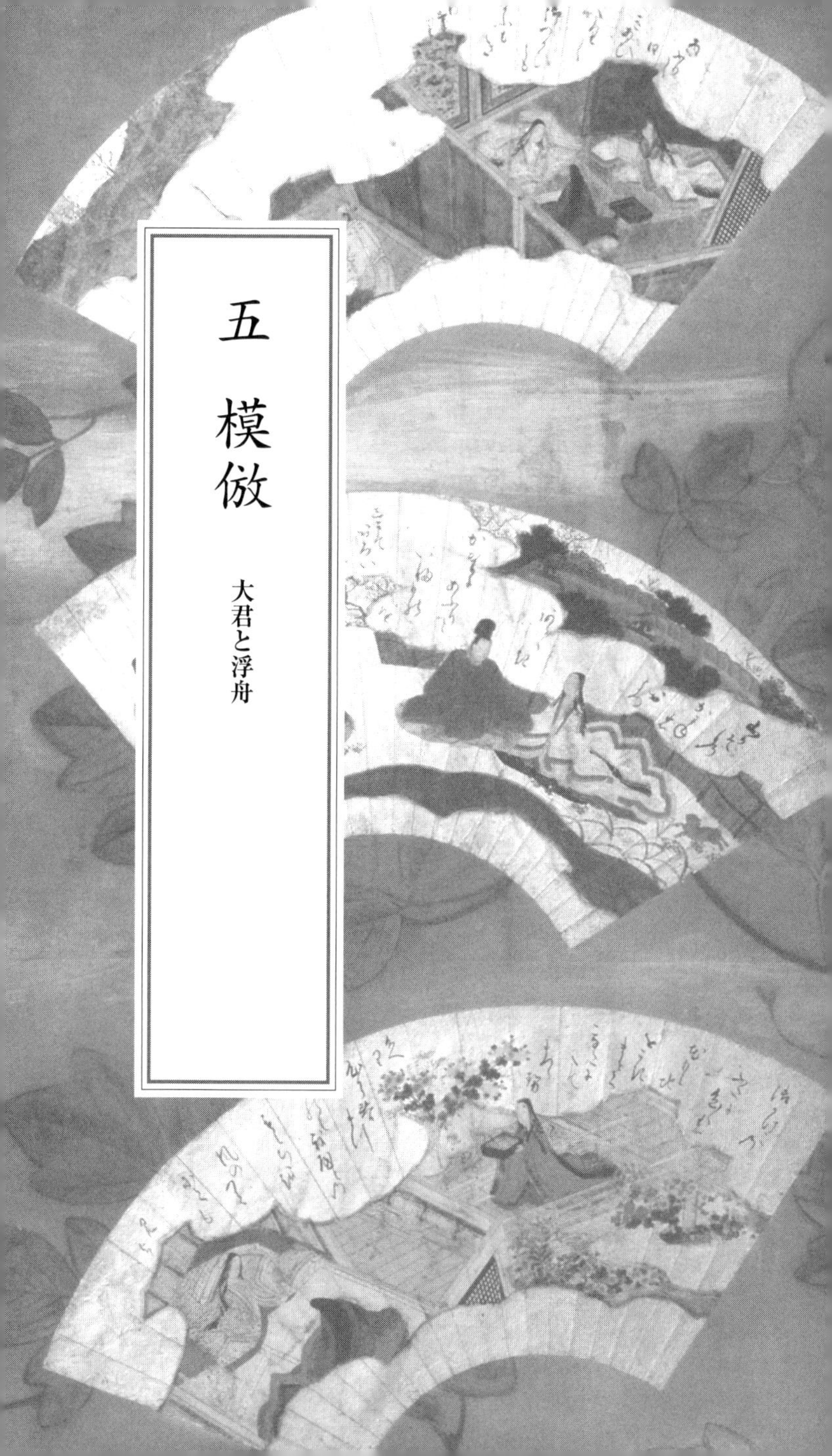

紫上は、病いがちの日々を送っている。「年月《としつき》重なれば、頼もしげなく、いとどあえかになりまさりたまへる」（「御法」九三四頁）しだいを源氏も嘆くことかぎりがなかった。夫は、だが、妻がくりかえす出家への望みをたえてゆるさない。一夜、加持祈禱などさまざまなこころみもことごとくむなしくおわり、紫上は「明けはつるほどに消えはて」た（同、九四一頁）。

光源氏を中心とする物語は、慌ただしく終幕へとむかう。八月に紫上の一周忌をむかえた年の暮かたもほど近く、源氏はみずからの出家の準備をいそぐ。あとに残れば悶着の種ともなるような手紙でも、「破《や》れば惜し」とでも思ったか、源氏はすこしずつ取りおいてあったけれども、とりわけ須磨流滴の時代にところどころから届いた消息のなかでも、紫上の「御手なるは、ことに結ひあはせて」べつにしてあった。

みづからしおきたまひけることなれど、久しうなりにける世のことと思すに、ただ今のやうなる墨つきなど、げに千年《ちとせ》の形見にしつべかりけるを、見ずなりぬべきよと思せば、かひなくて、疎からぬ人々二三人ばかり、御前《おまえ》にて破らせたまふ。

いと、かからぬほどのことにてだに、過ぎにし人の跡と見るはあはれなるを、ましていとどかきくらし、それとも見分かれぬまで降りおつる御涙の水茎に流れそふを、人もあまり心弱しと見たてまつるべきがかたはらいたうはしたなければ、おしやりたまひて、

死出《しで》の山越えにし人をしたふとて跡を見つつもなほまどふかな

（「幻」九六三頁以下）

そのように取りおいて、ひとつに束ねておいたのも、ずいぶんとまえのことのように思えるけれど、墨のあとなど、たったいま書きおろしたものであるかに見える。時がゆがみ、滞留する。いつまでもかたみにできそうなものではあるとはいえ、出家をすればこうしたものを目にすることもないだろう、と源氏は思う。さしてふかい思いを寄せなかったひとの手紙であってさえも、死者ともなれば筆跡を見れば悲傷の念をともなうものなのに、まして、と目のまえも昏くなり、涙がとまらない。悲しみを歌で紛らわすほかはない主人公を描きだしたそののちに、ほどなく物語の第二部は閉じられる。かくて光源氏の時代はおわり、物語の主人公は、むしろその末裔たちとなった。その物語は、一篇のなかでどのような位置を占めているのだろうか。ここですこしだけよりみちをしておきたい。

アーサー・ウェイリーによって『源氏物語』が英訳されはじめ、その第一巻（「桐壺」から「葵」まで）が刊行されたのは、一九二五年のことである。おなじころ、『失われた時をもとめて』の英訳出版も開始された。その偶然によるものなのか、欧米では早くから紫式部とプルーストとの類似を指摘するむきが多かった。ただし、仏訳は大きく遅れ、シフェール訳の刊行は、英訳に遅れること半世紀以上ものちのことになる。

プルーストの長篇は「長いあいだ、私は早くに寝むことにしていた」（Longtemps, je me suis couché de bonne heure）と書きはじめられる。語りはじめの時点はむしろその晩年、語り手はかつて過ごしたさまざまな部屋を回想していくところからはじめて、追想は幼年時代にバカンスで滞在していた田舎町コンブレーへと移って、スワン家のひとびとへとおよんでゆき、やがて第一部の末尾は、「あるイメージの回想とは、ある瞬間への哀惜にすぎない。家々も、道々も、大通りたちも、ああ、歳月のように逃げさってゆく」(le souvenir d'une certaine image n'est que le regret d'un certain instant; et les maisons, les routes, les avenues, sont fugitives, hélas, comme les années) とむすばれる。かくて長篇の第一部は、しばしば一篇のミニアチュアともみなされてきた。

これもよく指摘されるように、『源氏物語』にあって首章となる「桐壺」一帖は、文体においてもモチーフにおいても全篇の序曲ともなり、縮図ともなっている。その点でも『失われた時をもとめて』との類比の余地があるわけである。とはいえ、ミニアチュアというならむしろ「若菜」上下、ならびに一篇の末尾に置かれた、いわゆる宇治十帖の世界こそが『源氏物語』全体の縮図であるとみることも不可能ではない。この稿の最初でもふれておいたとおり、一般には宇治十帖は余人の筆のあとが色こく残されたものとみなされることもあり、それだけに論じるにさいして、或る種の注意が必要な部分ではあるだろう。とはいえ、それでも、あるいはむしろそれゆえに、世界は源氏一篇の縮図となる。これもすでにふれたように、複数の加筆者たちは、原作者の遺した物語とそのモチーフを模倣しながら、じしん光源氏を原型とする憂愁と罪科を反復してゆく登場人物たちを描きだしてゆくことになるからだ。くわえて、瞬間への哀惜（regret d'un certain instant）、逃げさってゆく歳月（les années fugitives）への思いは、いわゆる宇治十帖にあってこそ隧道が穿たれ、そのみちすじの奥ゆきはことのほか深いように思われる。流れさることなく降りつもった時の堆積が、物語のはじまるそのまえに、主人公たちが振りはなすことのできない影として寄りそっているからである。

第二部最終巻である「幻」と宇治十帖とのあいだには、「匂兵部卿宮」「紅梅」「竹河」の三帖がはさまれ、源氏をめぐる物語と末裔たちの物語とをつないでいる。光源氏なきあと、物語の主人公は薫と匂宮とのふたりが引きつぐことになった。匂宮は明石の中宮の子で、美男のほまれ高く、色を好み、社交的である。女三の宮腹の子、薫は、かすかに耳にしたじぶんの出生の秘密になやみ、内省的な性格であった。「幼心地《をさなごこち》にほの聞きたまひしことの、をりをりいぶかしうおぼつかなう思ひわたれど、問ふべき人も」ありえようがなかったのである(「匂兵部卿宮」九七一頁)。薫もおとこにしておくには惜しいというほどの美しさ、という評判をとり、その身のはなつ「香《か》のかうばしさ」で知られていた。宮は「他事《ことごと》よりもいどましく思して」、みずからも薫物《たきもの》を直衣にたきしめることになる(同、九七三頁)。このふたりのあいだがらには、いうまでもなく、源氏と中将の友情のすがたが流れこみ、柏木と夕霧の関係のかたちが木霊している。

光源氏の異母弟、八宮はかつて兄を須磨に追いやった宮中政治に利用され、源氏の復帰ののちは、落魄の身を、俗形ながら仏に帰依して宇治に養っていた。仏道にこころ寄せる薫は宇治にかよい、ふとしたことから大君、中君《なかのきみ》のふたりの姫君をかいま見る。

あなたに通ふべかめる透垣の戸を、すこし押し開けて見たまへば、月をかしきほどに霧りわたれるをながめて、簾を短く捲《ま》き上げて人々ゐたり。簀子《すのこ》に、いと寒げに、身細く萎えばめる童《わらは》一人、同じさまなる大人などゐたり。内なる人、一人は柱にすこしゐ隠れて、琵琶を前に置きて、撥《ばち》を手まさぐりにしつつゐたるに、雲隠れたりつる月のにはかにいと明《あか》くさし出でたれば、「扇ならで、これしても月はまねきつべかりけり」とて、さしのぞきたる顔、いみじくらうたげににほひやかなるべし。添ひ臥したる人は、琴の上にかたぶきかかりて、「入る日をかへす撥こそありけれ、さま異《こと》にも思ひおよびたまふ御心かな」とて、うち笑ひたるけはひ、いますこし重りかによしづきたり。（「橋姫」一〇三二頁以下）

姫たちの部屋につうじているらしい透垣の戸から、薫はぬすみ見ている。童女、女房に囲まれて、姫宮たちがかいま見える。ほら、扇じゃなくて、撥で雲に隠れた月を招きよせたのよ、とたわむれる妹君は華やかに美しい。そのすがたにもまして、落ちつきがあり、優雅な感じをおぼえさせる姉、大君に、薫は惹きよせられた。

薫にむすめたちを託して、やがて世を去った父、八宮の遺言、また薫にはめずらしい熱意にもかかわらず、かたくなな大君をまえにして、薫の恋は実をむすばない。大君はむしろ中君と薫とのゆかりを取りもとうとした。大君の部屋に、それでも薫は忍びこむが、姉は妹をひとり残して逃げさってしまう。薫はさいしょ大君かと思い、「独り臥したまへるを、心しけるにや」とうれしく、ときめく思いがしたが、やがて妹君と気づく。見れば、姉よりも「いますこしうつくしくらうたげなるけしきはまさりてや」とも感じながら、「おし返して」、やさしく語りかけ、語りあかして、なにごともなく朝をむかえる（「総角《あげまき》」一〇九一頁）。薫は中君を匂宮に託した。大君は「かく、よろづにめづらか」なほどに企みをこらす方であったとは、とむしろ薫をなじり、またしても薫をこばむ。薫が説きふせようとする「宿世といふらむ方は、目にも見えぬことにて、いかにもいかにも思ひたどられず」。「こはいかにもてなしたまふぞ」、わたしはあなたを信じない、と姉の姫宮はいった（同、一〇九七頁以下）。

あるとき大君はひとり鏡と対話する。「我もやうやう盛り過ぎぬる身ぞかし」。すこしずつ痩せおとろえてもいるようだ。まわりの老女房たちをみて「わが身にては、まだいとあれがほどにはあらず」と思うのも、うぬぼれなのかもしれない。「いま一二年《ひとゝせふたとせ》あらば衰へまさりなむ」（一一〇五頁）。そのとき、だれが振りむいてくれるのか。薫の君がこころ変わりしないともかぎらない。べつのおりに思う。「男といふものは、そら言《ごと》をこそいとよくすなれ。思はぬ人を思ふ顔にとりなす言の葉多かるものと」聞いている。さらにふと考える。妹も匂宮にないがしろにされているようである。「我も、世にながらへ」て、薫と結婚するようなことになれば、「かうやうなること見つべきにこそはあめれ」（一一一四頁）。薫に妹との結婚をすすめた大君は、『三四郎』の美禰子のような unconscious hypocrite であった可能性がたかい。

薫をこばむ大君の背後には、おんなと生まれた宿世へのふかい恨みと、おとこに対する拭いがたい不信の念が透けてみえる。時の流れの酷薄さを身にしみて思うのは、とりあえずはいつも女性と生まれついた者なのである。それでも、薫にみとられて世を去ろうとするときには、薫とは「かかるべき契りこそはありけめ」と思いなおし、じぶんが「むなしくなりなむ後《のち》の思ひ出《いで》にも、心ごはく、思ひ隈《ぐま》なからじとつつみたまひて」（一一二四頁以下）、つとめて親しげにふるまい、薫との最後の時間をいつくしもうとする大君であったけれども、やがて「見るままにものの枯れゆくやうにて、消えはてて」た(一一二九頁)。

薫は、「かく世のいと心憂くおぼゆるついでに、本意《ほい》遂げん」(一一三〇頁)、いっそかねて切望していたとおり出家してしまおう、とも思う。幸うすくおわったこの恋は、それでなくても世を厭う気もちの強かった薫に、ふかい傷をのこした。匂宮の留守に中君を邸にたずね、その声が「いみじくらうたげな」のにこらえ切れず、「寄りゐたまへる柱のもとの簾の下より、やをらおよびて御袖をとらへ」(「宿木」一一七九頁)るようなことそれまでの薫らしからぬ錯乱は、この傷痕を措いては解しがたい。その後ゆくりなくも出逢った、宇治の姉妹の異母妹、浮舟へとのめり込んでゆく、薫のこころの傾きもまたそうである。それにしても薫は、大君におもざしのかようべつの女性へとつよく惹かれてゆくことで、そうとは知らずに、ふたりの父の不運と悲しみを模倣し、反復してゆくことになるはずである。——宇治で薫一行は、「女車《をむなぐるま》のことごとしきさまにはあらぬ一つ」とすれちがう。周囲を気にしながら車から降りた女性の、「頭《かしら》つき様体《やうだい》細やかにあてなるほど」が、大君の記憶を薫につよく喚起したのである（同、一二一〇頁以下）。

このたびはいったんは相手にも受けいれられたこの恋でも、とはいえふたたび薫は傷を負うことになる。匂宮が色好みぶりをあらわにして、ひとしく浮舟に執着したからである。恋は、もうひとつの悲劇を招きよせる。おんなは、ふたりの貴公子の情熱のあいだで翻弄されて、こころを裂かれ、身を破ることになったのである。

匂宮は、薫をよそおって浮舟の部屋に入りこみ、契りをむすぶ。浮舟は「あらぬ人なりけり」（「浮舟」一二七二頁）と思いながらも、声を立てることもかなわなかった。逢瀬をかさねるうちに、きぬぎぬの別れのときが近づくことに、「暮れゆくはわびしくのみ思し焦《い》らるる」ようすの匂宮に「ひかれたてまつりて」（同、一二七五頁）、やがて薫への思いのあいだで引きさかれてゆく。――ある日、宮は浮舟を小舟に乗せて、向こう岸へと連れだした。

いとはかなげなるものと、明け暮れ見出だす小さき舟に乗りたまひて、さし渡りたまふほど、遥かならむ岸にしも漕ぎ離れたらむやうに心細くおぼえて、つとつきて抱かれたるもいとらうたしと思す。有明の月澄みのぼりて、水の面《おもて》も曇りなきに、「これなむ橘の小島」と申して、御舟しばしさしとどめたるを見たまへば、大きやかなる岩のさまして、されたる常盤木《ときはぎ》の影しげれり。「かれ見たまへ。いとはかなけれど、千年《ちとせ》も経《ふ》べき緑の深さを」とのたまひて、

年経ともかはらぬものか橘の小島のさきに契る心は

女も、めづらしからむ道のやうにおぼえて、

橘の小島の色はかはらじをこのうき舟ぞゆくへ知られぬ
（一二八五頁）

浮舟は日ごろ、なんとも頼りなげなものと、その小舟を見ていた。そのちいさな舟に揺られて、いつまでも着くことのない遠い岸へとはなれてゆくようにこころ細い思いがする。それだけに匂宮にみずから身をよせて抱きとられてしまう。船頭が小島のなまえを告げる。こぶりだが風情のある常緑樹にことよせて、宮が変わらぬ思いを読みこんだ歌を詠み、浮舟も応えた。月のひかりのなかで揺らめく小舟が、浮舟の「ゆくへ知られぬ」さだめを写しているかのようであった。すでに世にないひとが犯した罪すらも、時のかけらたちのように水面に揺らめいている。――日も経ち、ことが露顕してゆくうちに、なりゆきは複雑にむすびあい、絡みあい、浮舟は入水して果てることを決意する。「なげきわび身をば棄つとも亡き影にうき名流さむことをこそ思へ」（一三〇七頁）。身を投げてもなお、浮き名が流れてゆくことをとどめようもないと見こしたうえでの、覚悟の自死である。

なきがらも見つからぬままに、身うちはひっそりと野辺おくりしてしまう。薫の悲しみは深い。「いとあへなくいみじ」と思うにつけ、なぜあの宇治のような山里に隠れすまわせたのかと、後悔もおよばない。薫は「わがたゆく世づかぬ心のみ悔《くや》しく、御胸いたくおぼえたまふ」（「蜻蛉」一三一七頁）。

巻末に薫の歌がある。「ありと見て手にはとられず見ればまた行《ゆ》く方《へ》もしらず消えしかげろふ」（同、一三四八頁）。ここで薫が想いおこしているのは、けれど主として、むすばれることのなかった大君のすがたである。浮舟は、薫にとってことさらに儚げであった。消えてしまうのではないか、という風情であったのは、とはいえ浮舟の罪ではない。べつのひとのおもかげを追いながら、浮舟をその手に抱いたとき、いずれにしてもその女性は影でしかありえなかったからである。切なく悲しいその恋すらも、けれども〈父〉たちの物語をなぞり、その罪科をも模倣するものとなるほかはなかったのである。

浮舟は後日、「髪は長く艶々《つやつや》として、大きなる木の根のいと荒々しきに寄りゐて、いみじう泣く」(「手習」一三五一頁)さまで見いだされる。発見したのは横川のなにがし僧都、その妹尼は亡くなったむすめのかわりに慈しむけれど、浮舟は出家を望んでやまない。一件を聞きおよんだ薫の手紙にも、浮舟は返事を出そうとはしなかった。尼は困惑し、僧都はむしろ俗世へと立ちかえることをすすめる。薫の使いはむなしく帰るほかはなかった。残されているテクストは、なにかを言いさすかのように、つぎの一節をもって途切れる。

いつしかと待ちおはするに、かくたどたどしく帰り来たれば、すさまじく、なかなかなりと思すことさまざまにて、人の隠しするゑたるにやあらんと、わが御心の、思ひ寄らぬ隈なく落としおきたまへりしならひにとぞ、本にはべめる。(「夢浮橋」一四〇九頁)

薫はあらぬ疑いすら懐いている。さざ波ごとに月を映した川に漂う、小舟のゆくすえは語りだされないまま、降りつもる宿世にまどい、反復する悲劇に翻弄されたひとりの女性の沈黙のみを語って、物語は閉じてゆく。積みかさなり、淀んで、それぞれの生を翻弄した時間にひときわ弄ばれた、物語最後のヒロインの沈黙こそが、時の迷路の奥ゆきをあらためて告げるかのように、である。

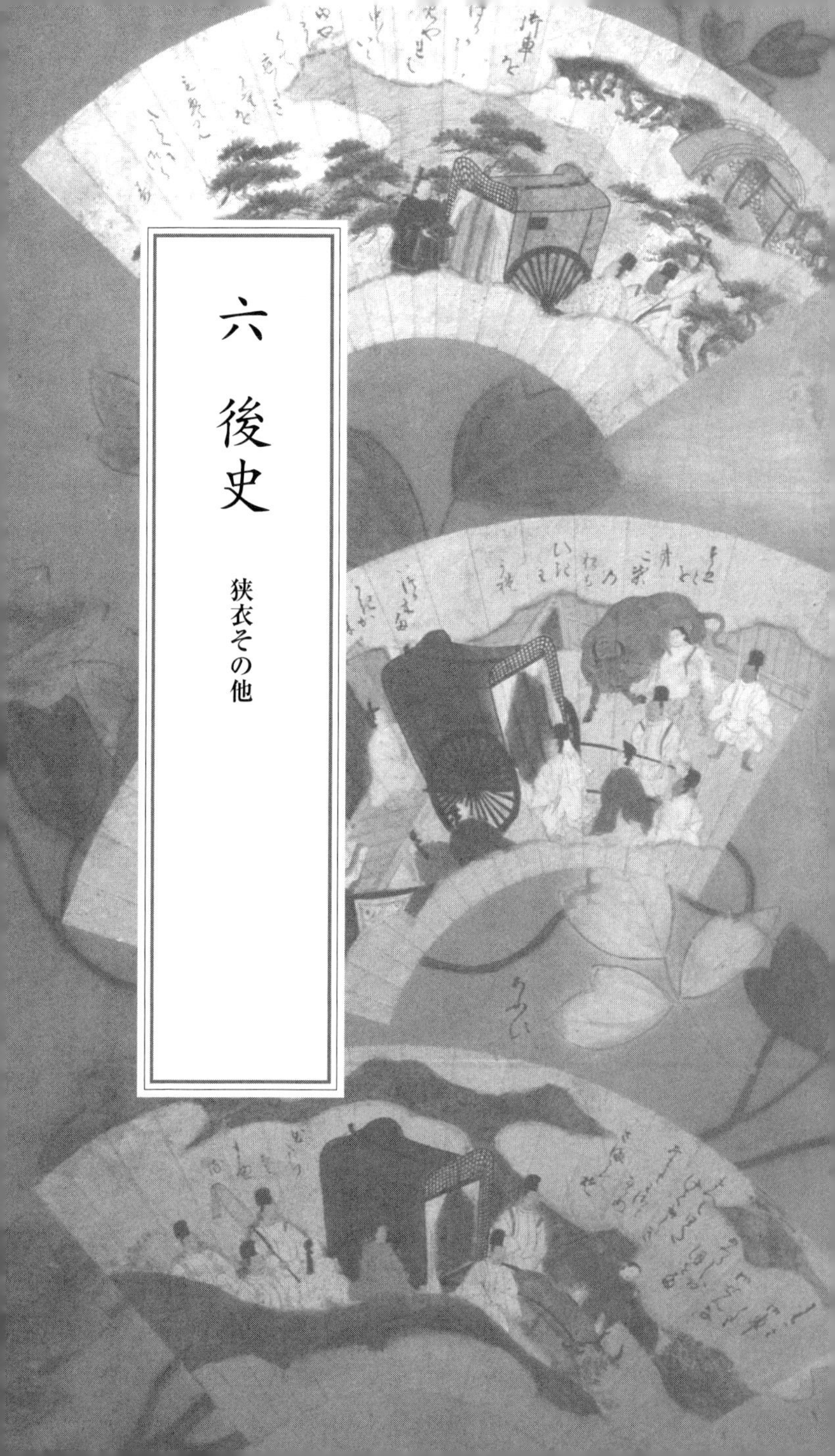

六 後史

狭衣その他

薫の手紙に浮舟は、「所違《たが》へにもあらむ」（「夢浮橋」一四〇八頁）、宛てさきちがいでありましょう、と応じた。じぶんのうえにべつの夢を重ねえがいた薫への、精一杯の抵抗であるとも読める。『無名草子』は浮舟を「憎きものとも言ひつべき人」と語りながら、この対応こそ「心まさりすれ」と評している。「夢の世になほ苦しみ」をかさねた女性に、後生は一篇の鎮魂歌をささげることになる（謡曲「浮舟」）。

『源氏物語』とは、反復し回帰する悲劇の物語であり、知らずに模倣されて世界に降りつもる罪科をめぐる物語である。知られているように、王朝文学がやがて衰弱してゆくなかで、源氏一篇そのものが模倣の対象となってゆく。

少年の春は惜しめどもとどまらぬものなりければ、三月の二十日あまりにもなりぬ。御前の木立何となく青みわたりて木暗きなかに、中島の藤は、松にとのみ思はず咲きかかりて、山ほととぎす待ち顔なるに、池の水際の八重山吹は、井手のわたりにことならず見渡さるる夕映えのをかしさを、ひとり見たまふも飽かねば、源氏の宮の御方に持て参りたまへれば、御前には、中納言、中将などやうの人々候はせたまひて宮は御手習ひ、絵などかきすさびて添ひ臥させたまへる〔……〕

たとえば『狭衣物語』は、このように物語を開始する。よく知られた語りだしで踏まえられているのは、『源氏物語』へと連想のかよう白居易の詩句、「三月の二十日あまり」以下には、「胡蝶」の帖巻頭の描写が響きあっている。一篇が語りだす、「我ばかりもの思はしきはなきなめり」と独語する主人公の、「過ぎぬる方悔しき」（巻三）こころの傾きは、薫そのひとのひととなりの色こい投影であり、「はやき瀬の底の藻くづとなりにきと扇の風よ吹きもつたえよ」とも「え書き果てず」、荒波のあいだに消えた飛鳥井姫には、浮舟の儚げなおもかげが透けてみえる（巻一）。主人公の思いを拒絶しつづける女二宮ひとりをのぞけば、ほかならぬ狭衣をはじめとして、主要な登場人物たちはみな強い意志というものを持ちあわせない、どこかもの淡い影のようである。

王朝のみやびから遥かに時をへだてて、鎌倉時代中期の宮廷で後深草院につかえ、二条と呼ばれた女性が、『とはずがたり』一篇を書きのこしている。院は、「振分髪の昔の契り」を口にしながら、光源氏を気どって一四歳の語り手を犯した（巻一）。二条は、後深草院そのひとをふくめて、あまたの男性遍歴を語りだす。事実と虚構とのあいだを縫いあわせ、日記文学と物語文学とを綴りあわせながら、作者はしかしもはやたんに男性に翻弄される悲劇のみを詠嘆することはない。描かれる悖徳のさまも、また色あいをことにしている。

ただ一人候へば、「御足に参れ」など承るも、むつかしけれども、誰に譲るべしともおぼえねば、候ふに、「この両所の御傍に寝させさせ給へ」と、しきりに新院申さる。「ただしは、所狭《せ》き身の程にて候ふとて、里に候ふを、にはかに人もなしとて、参りて候ふに召し出でて候へば、あたりも苦しげに候ふ。かからざらん折は」など申さるれども、「御そばにて候はんずれば、過ち候はじ。女三の御方をだに御許されあるに、なぞしもこれに限り候ふべき」(巻三)

宿に下がっていたのを院に呼びかえされたところ、かさねて「足を揉んでくれ」という仰せである。伺えば、亀山院（＝新院）もいっしょであった。朱雀院が、慈しんだ女三の宮を弟の光源氏に与えたのにことよせて新院は、妊娠して「所狭き身」である二条との共寝を申しでている。直後に、『源氏物語』「須磨」を引いて、「犯せる罪もそれとなければ」とはあるけれども、じっさいには兄院の暗黙の了解のもと、「御屏風」のむこうで弟院との契りがあったのだろう。

愛憎が絡みあい、縺れあった院が幽明境をことにしたとき、葬送する車を、泣きながら「裸足にて走り」（巻五）追いすがるほどの思いの強度と深度とを表現するためには、いくつかの時代が流れさる必要があった。その間の消息を考えることは本稿とはまたべつの課題となることだろう。

稿をとじるにあたって、やや唐突ではあるけれども、村上春樹のデビュー作の一節を引いておく。

夏の香りを感じたのは久し振りだった。潮の香り、遠い汽笛、女の子の肌の手ざわり、ヘヤー・リンスのレモンの匂い、夕暮の風、淡い希望、そして夏の夢……。

しかしそれはまるでずれてしまったトレーシング・ペーパーのように、何もかもが少しずつ、しかしとり返しのつかぬくらいに昔とは違っていた。(『風の歌を聴け』)

なにかとべつのなにかをかさねて夢みることは、ひどく罪ぶかい。ひとは、とはいえ、そのように生きるほかはないかもしれないのである。

＊『源氏物語』本文の引用は阿部秋生校訂『完本　源氏物語』(小学館、一九九二年刊)による。

源氏物語・小考

和辻・小林・宣長

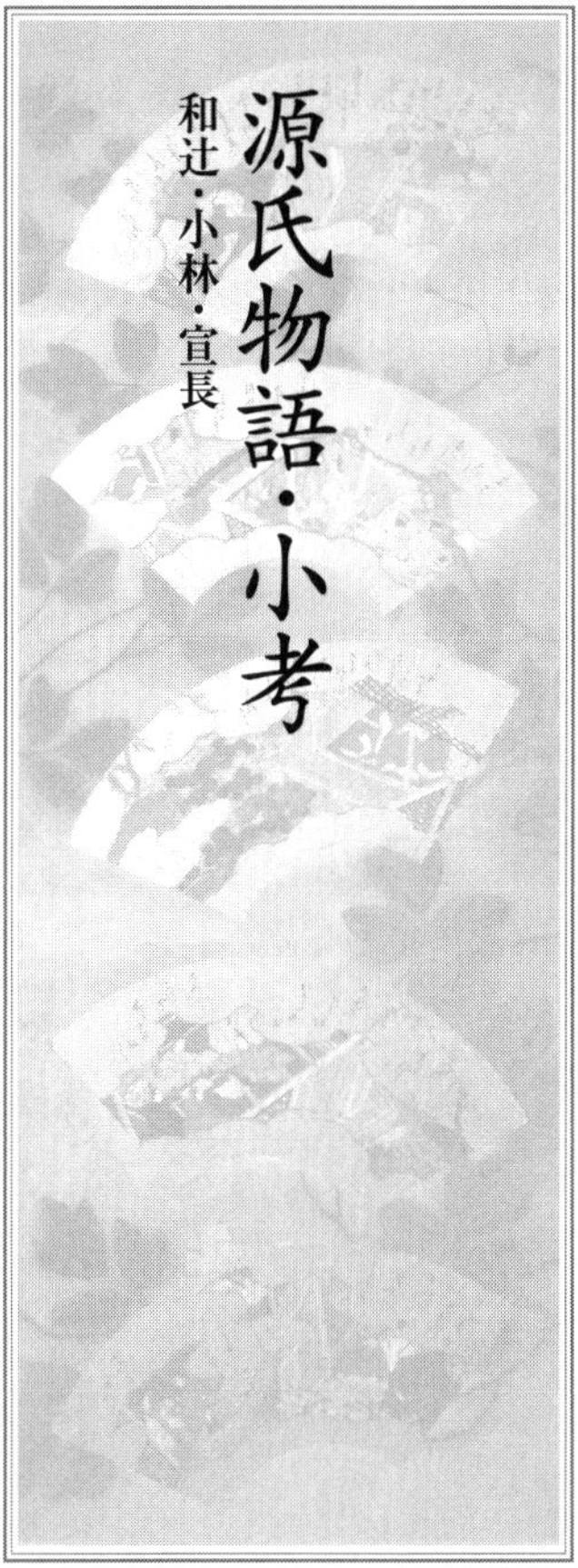

一

『源氏物語』は「桐壺」で帝と更衣の悲恋をつたえ、光源氏の幼年期を語る。第二帖「帚木《ははきぎ》」の書きだしはこうである。現在刊行中の岩波文庫の新版より引用する。「光源氏名のみことごとしう、言ひ消《け》たれたまふ咎多かなるに、いとゞかゝるすきごとどもを末の世にも聞き伝へて、かろびたる名をや流さむと、忍び給ひける隠《かく》ろへごとをさへ語り伝へけむ、人のもの言ひさがなさよ」。

一文は「桐壺」を受ける書きだしとして不自然であるうえに、読者に対してははなはだ不親切で奇妙なもののようにも見える。それはむしろ、「桐壺」巻の存在を前提とせず、前帖とは独立の、もうひとつの物語の発端のように響くのだ。

よく知られているとおり、ことの消息にあらためて注意を向けたのは、和辻哲郎の所論（「源氏物語について」『日本精神史研究』所収）であった。そのうえで和辻は書いている。「もし現在のままの源氏物語を一つの全体として鑑賞せよと言われるならば」、作品を傑作と呼ぶことはできないだろう。物語の全体は単調であり、しかもくりかえしが多い。部分部分をとり上げるならば、きわめて美しい一場もあるとはいえ、それも「全体の鈍い単調さの内に溺らされてしまう」。ひとが源氏を好むのも、ところどころに得も言われぬほどに美しい場面があるからであって、かならずしも「その描写全体が傑れているゆえでは」ないだろう。そればかりではない。「我々はこの物語を読み行く際に、絶えず転換して現われてくる場面の多くが、描写において不十分であることを感ずる」。どれでもよい、ひとつの場面でもより立ちいった書きようが望まれるところだ。たとえば桐壺の更衣の「愛と苦しみと死」が、いっそう詳細に書きこまれ、語りだされていたならば、「この一人の女の姿によって象徴されるところは、同じような境遇の女が同じような不十分さでもって十人二十人と描かれた場合よりも、さらに一層豊富であろう」。

　和辻が説いたところは、国文学者たちのあいだでも一定の反響を呼び、源氏研究に対してなにほどかの影響を与えたともいわれる。和辻の見かたそのものに対しては、とはいえ反証を挙げることはむしろたやすい。たとえば「桐壺」の一節をとり上げてみよう。

　帝は更衣に先だたれ、「はかなく日ごろ過ぎて、後のわざなどにもこまかにとぶらはせ給ふ」たが、あいかわらず涙が途切れることなく「露けき秋」のこと、「野分だちて、にはかに肌寒き夕暮れの程、常よりもおぼし出づること多くて」、靫負命婦《ゆけいのみようぶ》をその実家に遣わした。「夕附夜のをかしき程」に宮中を出発して、「命婦かしこに参《ま》で着きて、門引き入るゝよりけはひあはれなり。やもめ住みなれど、人ひとりの御かしづきに、とかくつくろひ立てて、めやすき程にて過ぐしたまひつる、闇に暮れて臥し沈みたまへるほどに、草も高く成り、暴風《のわき》にいとゞ荒れたる心ちして、月影ばかりぞ八重葎《むぐら》にも障らずさし入りたる」。

　情景が登場人物たちのこころを映して、内面に立ちいった語りが略されているところに、かえって式部の筆の冴えがみとめられる。美しい場面であり、痛切な一場であって、過不足のない書きようと言うべきだろう。——例をつらねてゆくこともおそらく容易である。とはいえ、和辻の所論にしても、あるいはことによると、その所説に対する反論のこころみにしても、ひとつの前提を共有してしまっているようにも思われる。『源氏物語』を、たとえばフローベールの作品のように、あるいはプルーストの長篇のように読むことができる、という前提である。

　和辻は他方では、物語の全体には視点の相違もみられ、技法の巧拙もみとめられることを指摘したうえで、「もし我々が綿密に源氏物語を検するならば、右のごとき巧拙の種々の層を発見し、ここに「一人の作者」ではなくして、一人の優れた作者に導かれた「一つの流派」を見いだし得るかも知れない」とも書いていた。和辻自身も中古の物語文学と近代の小説とのちがいについて、明確な認識をもっていたことはまちがいがない。けれども審美家としての和辻哲郎が携えていた価値基準は、決定的に近代的なものだった。――基準が近代的であったという、あいまいな言いかたにひとつの限定を与えておこう。和辻のような評価をくだすさいには、源氏の原文を読む必要がない。各種の現代語訳を読みとおすことでも、同様の判定を与え、あるいはその判断に対して抗うことができる。そこには、『源氏物語』を読むことをめぐって、ある重要な問題がふくまれているのではないだろうか。

二

世に源氏悪文説と呼ばれているものがあり、ときとしてその出所が森鷗外の一文に求められる。和辻自身は精確に言いおよんでいたとおり、説の出どころは、鷗外が引用していた松波資之《まつなみすけゆき》のことばにあった。小林秀雄がくだんの悪文説にあらためて言及しながら、おもしろいことを言っている。最後の大著『本居宣長』（新潮文庫）の一節である。

意外と重要なことがらにふれる一文でもあるので、そのまま引用しておく。「「源氏」の詞花が、時が経るに従い陳腐となり、難解となる、と皆他人事のように考えているが、実は、そうなる事を、私達が先ず欲していなければ、決してそうなりはしない。「源氏」は、逍遥の言うように、写実小説でもなければ、白鳥の言うように、欧洲近代の小説に酷似してもいないが、そう見たい人にそう見えるのを如何ともし難い。鷗外によって早くも望まれた、現代語訳という「源氏」への架橋は、今日では「源氏」に行く一番普通な往還となったが、通行者達は、街道が、写実小説と考えられた「源氏」にしか通じていない事を、一向気に掛けない」。

　源氏の現代語訳を欲し、源氏をじっさいに現代語へと訳し、また源氏を現代語訳によって読むこと自体が、中古のこの傑作を近代以降の小説と横ならびにして読もうとすることなのである。そこにあるのは、読まれるべきはこと（筋書き）であって、ことばではない、という強固な思いこみなのだ。小林がそうした思いなしに対抗して持ちだそうとしているのが宣長の「意《こころ》と事《こと》と言《ことば》とは、みな相称《あひかな》へる物」とする立場にほかならない。

秀雄の宣長論は、ときに自身の源氏論へと寄りみちをかさね、『古事記』そのものへの迂路をたどる。そうした部分こそが小林秀雄最晩年の思考の魅力でもあったことは、まちがいがない。宣長の源氏論を問題としている部分でも、小林はふとみずからの源氏論を漏らしてみせていた。秀雄が本居解釈にことよせて強調していたことのひとつは、宣長が言い、ひとが好んでとり上げる「もののあはれ」がときに見せる底知れぬ奥ゆき、そこに隠されている、一種ひとをたじろがせる凄みである。『本居宣長』が所論を裏うちするものとしてとり上げるのは、いわゆる宇治十帖の女主人公、浮舟の宿世であるけれども、ここでは小林の所論には立ちいらず、むしろ源氏の本文（「浮舟」）を引いておきたい。

薫は光源氏の異母弟、八宮をしたって宇治にかようち、大君、中君ふたりの姫君のすがたを垣間みて、大君に引きつけられた。思いはしかしかなわず、大君に先だたれた薫は、その異母妹の浮舟に惹かれる。すでに中君と契っていた匂宮もまた浮舟に言いよって、薫をよそおい、おんなに近づいてゆく。ふたりの貴公子のあいだでこころを引き裂かれ、身をあやまる悲劇の主人公、浮舟には、とはいえ小林の指摘するとおり、一篇の中心人物にふさわしい性格が欠落しているかに見える。――ことの消息を描きとる一場面を引用する。匂宮が浮舟を小舟に乗せて、向こう岸へと連れだしてゆく挿話の書きだしである。ここでは新日本古典文学大系本によって引く。「いとはかなげなるものと、明け暮れ見出だすちゐさき舟に乗り給て、さし渡り給ほど、遥かならむ岸にしも漕ぎ離れたらむやうに心ぼそくおぼえて、つとつきて抱かれたるもいとらうたしとおぼす。有明の月澄みのぼりて、水の面もくもりなきに、「これ（船頭）なむたち花の小島」と申て、御舟しばしさしとゞめたるを見たまへば、大きやかなる岩のさまして、されたる常盤木《ときはぎ》の影しげれり」。

浮舟の心象と、揺らめく小舟、さざなみごとに月を映した水のおもてが交錯する一節を現代語に移せば、失われてしまうものはたしかに測りがたいことだろう。

三

和辻の一文もまた、本居宣長の源氏論に言いおよんでいた。宣長も、「帚木」のはじまりかたに違和感を覚えていた読者のひとりだったからである。和辻がこれも指摘していたように、宣長はまた、源氏一篇中に六条御息所と光源氏とのなれそめを語りだす一場がふくまれていないことにも気づいていた。若き日の国学者はしかし、一件をさまざまに解釈するまえに、物語の語られざる背景を補作のこころみによって解くことをえらんだ。『手枕』一篇がそれである。

契りのさまを描く一節を、おおむね宣長の手稿にしたがって引く。

「風ひやゝかにうち吹て、夜いたうふけゆくほど御かうしもさながらにて、はれゆく月影もはしたなきやうなれば、御《ン》かたはらなるみじかき几帳をさしへだてて、かりそめなるやうにそひふし給ひぬ。人〳〵は、かうなりけりとけしきとりつつ、みなさししぞきてとほうふしたり。いとかくのがれがたきすくせのほどを、女君はいみじう心うく口おしうおぼししみて、あり〳〵ていまさらに、わか〳〵しくにげなき事を、さふらふ人〳〵の思ふらんほども、しぬばかりわりなくはづかしう、かつは人のものいひもかくれなき世に、あはつけくかろ〴〵しき名やもり出んと、とおくおぼしみだれつゝ、たゞたけきこととは、ねをのみなき給ふ」。

風がつめたく、夜もふけてゆくので、源氏はひくい几帳を隔てて、ほんのすこしだけという風情で寄りそうように横になる。女房たちは、そういうことね、とばかりになるべく遠いところに退いて寝んだ。源氏の愛をなかば受けいれながらも、六条御息所の悩みはすでにふかい。

本居宣長の創作の巧拙をあげつらっても、詮のないことだろう。ここでは、ことのおもむくところを源氏本文から補っておく。御息所はもともと思いつめるほう、「齢《よはひ》のほども似げなく、人の漏り聞かむに、いとゞかくつらき御夜離《よが》れの寝覚め〳〵、おぼししをるゝことといとさま〴〵なり」。御息所は源氏よりも七つ年上、かよいもとだえて、一人寝の夜の眠りも絶えだえとなり、思いかなしむことがあれこれ募ってやまない（「夕顔」）。やがて起こったのが、「葵」の帖のつたえる、源氏の正妻との車争いであった。

宣長はおそらく、語られることのない背景に思いを馳せ、御息所の宿世を想っていたことだろう。物語を読む宣長のそうした姿勢は、畢生の大業『古事記伝』にもみとめられるところである。「もののあはれを知る」こころはまた、『古事記』を読みとく宣長のかまえのうちでも一貫していた。そうしたことの経緯については、この小論ではふれるいとまがない。詳細は拙著『本居宣長』（作品社、二〇一八年）に譲っておく。

すぐれたテクストは、摸倣への欲望を掻きたてる。小林が指摘していたとおり、この意味でも宣長は、源氏の研究者であるまえに、その愛読者であった。あるいは愛読者であることが研究者の条件となり、物語を生きることが物語をとらえ、解釈することと不可分となっている。模作のなかに見える思いは、しばしばとり上げられるその源氏評釈『紫文要領』や『玉の小櫛』に窺えるそれよりも、あるいは深いとすら言ってよい。

あとがき

本書に収められたふたつの文章は、わたくしの著作の系列のなかで、いくぶん特殊な位置を占めている。これまではおおむね西欧と日本の近現代の哲学者の思考をめぐっていくつかの著書を公けにし、また独仏の古典的テクストの新訳に携わってきたからである。

後者にかんしていえば、相応の時間をかけてきたものにカントのいわゆる三批判書、すなわち『純粋理性批判』『実践理性批判』『判断力批判』の邦訳がある（作品社刊）。個人的な消息にわたるけれども、訳業をすすめてゆく数年のあいだ、もっぱら日本の古典文学に親しんでいた。カントのごつごつしたドイツ語に辟易もして、いっときの逃げ場を求めていたのだろうか。収められているふたつの文章はそうした時間のすきまから生まれたもので、翻訳仕事のいってみれば思わぬ余滴でもある。

本書の主要部分をなす「反復と模倣」は、日本思想を専攻する若い友人たちがそれぞれの源氏研究の成果を発表するのにいわば便乗させて頂き、研究誌に寄稿したものである。高校生のときから親しんできた源氏物語をめぐって、まとまった文章を書く最初の機会となった。「源氏物語・小考」は、岩波文庫版のテクストの刊行がなかばに差しかかろうとするころ、編集部からの依頼を受けて執筆したものである。ちょうど拙著『本居宣長』をやはり作品社から出して頂いたばかりのときだったので、三題ばなしのようなかたちで稿を寄せた。そうした事情で「小考」については、源氏からの引用文が岩波文庫と新日本古典文学大系本によるものとなっているけれども、発表の経緯にかんがみて「反復と模倣」におけるそれとあえて統一しなかったことをお断りしておく。

今回の出版も、作品社の髙木有さんのご高配にあずかっている。このようなぜいたくな本を上梓することができたのも、ひとえに髙木さんのご英断によるものである。豪華な本づくりにさいしては、造本を担当してくださった中島かほるさんのお世話になった。とくにしるして感謝する。

二〇一九年　秋

熊野純彦

初出一覧

「反復と模倣―源氏物語・回帰する時間の悲劇によせて」『季刊日本思想史』二〇一二年　第八〇号　ぺりかん社

「源氏物語・小考―和辻、小林、宣長」『図書』二〇一八年十二月号　岩波書店

挿画＝源氏物語絵扇面散屏風
真言宗泉涌寺派大本山　浄土寺蔵
撮影＝村上宏治

著者略歴

熊野純彦（くまの・すみひこ）

1958年、神奈川県生まれ。1981年、東京大学文学部卒業。
現在、東京大学文学部教授。著書＝『レヴィナス』『差異と隔たり』
『西洋哲学史 古代から中世へ』『西洋哲学史 近代から現代へ』『和辻哲郎』
（以上、岩波書店）、『レヴィナス入門』『ヘーゲル』（以上、筑摩書房）、
『カント』『メルロ＝ポンティ』（以上、NHK出版）、『戦後思想の一断面』
（ナカニシヤ出版）、『埴谷雄高』（講談社）、『マルクス 資本論の思考』（せりか書房）、
『日本哲学小史』（編著、中央公論新社）、『カント 美と倫理とのはざまで』（講談社）、
『本居宣長』（作品社）ほか。
訳書＝レヴィナス『全体性と無限』、レーヴィット『共同存在の現象学』、
ハイデガー『存在と時間』、ベルクソン『物質と記憶』（以上、岩波書店）、
カント『純粋理性批判』『実践理性批判』『判断力批判』（以上、作品社）、
ヘーゲル『精神現象学』（筑摩書房）など。

源氏物語＝反復と模倣

二〇二〇年三月一〇日 第一刷印刷
二〇二〇年三月一五日 第一刷発行

著者 熊野純彦
装幀 中島かほる
発行者 和田肇
発行所 株式会社 作品社
〒一〇二-〇〇七二
東京都千代田区飯田橋二ノ七ノ四
電話 (〇三)三二六二-九七五三
FAX (〇三)三二六二-九七五七
振替 〇〇一六〇-三-二七一八三
http://www.sakuhinsha.com
本文組版 米山雄基
印刷・製本 シナノ印刷㈱

ISBN978-4-86182-779-2 C0095